20 MARS 1873

V

CATALOGUE

DES

LIVRES RARES ET CURIEUX

COMPOSANT LA

BIBLIOTHÈQUE DE FEU M. J. NIEL

BIBLIOTHÉCAIRE DU MINISTÈRE DE L'INTÉRIEUR

La vente aura lieu le jeudi 20 mars 1873
à une heure et demie précises

Hôtel des commissaires-priseurs, rue Drouot

SALLE N° 2

Par le ministère de Me DELBERGUE-CORMONT, commissaire-priseur
Rue de Provence, 8

Exposition générale le lundi 17 mars 1873

Figures de l'Ancien Testament d'Holbein, 1547. in-4°. — Imitation de 1487. — Bréviaire à l'usage de l'ordre du Mont-Olivet. *Beau manuscrit avec miniatures.* — Agenda ecclesiastica, 1480, *imprimé sur vélin, avec une gravure sur métal.* — Heures sur vélin de Simon Vostre, 1497. — Maximes de La Rochefoucauld, 1779, in-12 mar. *Sur peau vélin.* — Monuments français inédits de Willemin, *figures coloriées.* — Dictionnaire de Trévoux, 5 vol. in-fol. mar. r. *Exemplaire du duc du Maine.* — Contes de Lafontaine, édition dite des fermiers généraux, très-bel exemplaire en maroquin, *relié par Derome.* — Nouvelle guide des chemins de France, 1599, in-16. — Revue rétrospective, 20 vol. in-8° br. — Entrée de Charles IX à Paris, 1572. — Entrée de Henri IV à Lyon, 1598. — Les Historiettes de Tallemant des Réaux, 9 vol. in-8°, *gr. pap. de Holl.* — Epitome Principium Venetorum, Alde 1[illegible], sur vélin. *Exemplaire de dédicace au Doge Francesco Donato.* — La vraye Science des armoiries de Palliot, — Constitutions de l'ordre de la Toison d'or. 1633, in-4° sur *vélin.* — Heures de la Vierge, Kerver, 1507. — Règle de saint Benoist, *manuscrit français, sur vélin, daté de l'abbaye de Saint-Estienne de Caen,* 1462. — Le Tiers livre de Pantagruel. 1546. — Romans de chevalerie. — Gazette des Beaux arts, etc.

PARIS

ADOLPHE LABITTE,

LIBRAIRE DE LA BIBLIOTHÈQUE NATIONALE

4, RUE DE LILLE, 4

1873

CONDITIONS DE LA VENTE.

La vente a lieu expressément au comptant.

Il y aura, chaque jour de vente, A 1 HEURE, exposition des livres composant la vacation.

Les acquéreurs payeront 5 centimes par franc applicables aux frais.

EN DISTRIBUTION

CHEZ M. CLÉMENT

MARCHAND D'ESTAMPES DE LA BIBLIOTHÈQUE NATIONALE

CATALOGUE

DES

ESTAMPES, DESSINS ET TABLEAUX

DE LA COLLECTION

DE FEU M. J. NIEL

DONT LA VENTE AURA LIEU

Les mardi 18 *et mercredi* 19 *mars* 1873

Paris. — Imprimerie Georges Chamerot, rue des Saints-Pères, 19.

CATALOGUE

DE

LIVRES RARES ET CURIEUX

COMPOSANT

LA BIBLIOTHÈQUE DE FEU M. J. NIEL

BIBLIOTHÉCAIRE DU MINISTÈRE DE L'INTÉRIEUR.

---

1. Sainte Bible, en latin et en français, contenant l'Ancien et le Nouveau Testament, avec un commentaire littéral, par le R. P. de Carrières. *Toulouse*, *Aug. Gaude*, 1802-1803, 10 vol. in-8, bas.

2. La Sainte Bible. *Paris*, *Th. Desoer*, 1819, 7 vol. in-18, cart. n. rog.

3. HOLBEIN. Icones historiarum Veteris Testamenti. *Lugduni, apud Joannem Frellonium*, 1547, in-4 *vélin*. 95 planches.

Très-bel exemplaire dans sa première reliure; il est très-grand de marges. H. 190 mill.; l. 133.

4. Le Nouveau Testament de N.-S. Jésus-Christ, traduit en françois selon l'édition vulgate, avec les différences du grec. *Mons, Gaspard Migeot*, 1667, 2 vol. pet. in-8, réglé, mar. r. jans. doublé de mar. r. tr. d'or.

5. GERSON. DE IMITATIONE CHRISTI CUM TRACTATULO DE MEDITATIONE CORDIS. (*Ad finem:*) *Per Johannem*

*

Zeiner, Ulmensem, anno lxxxvij (1487), pet. in-8 gothique, p. de tr. rel. en bois.

Très-bel exemplaire, rempli de témoins, d'une édition rare. A la fin se trouve : *Chrysostomus de cordis compunctione,* gothique, probablement sorti des mêmes presses.

6. L'Imitation de Jésus-Christ, traduite et paraphrasée en vers françois par P. Corneille. *Rouen, Robert Ballard,* 1656, in-4, fig. v. marb.

7. INCIPIT ORDO BREVIARII SECUNDUM MOREM MONACHORUM ORDINIS MONTIS OLIVETI. — In-fol. *non relié.*

Admirable manuscrit du XVe *siècle sur très-beau vélin* et à 2 col. ; il se compose de 421 ff. Il ne contient pas moins de mille lettres rubriquées et 35 pages ornées de grandes lettres renfermant des miniatures d'une grande finesse. Il est particulièrement intéressant au point de vue liturgique, et il n'offre pas moins d'intérêt au point de vue de l'ornementation, les miniatures appartenant à l'école Saint-Marc, à Florence.

8. AGENDA ECCLESIASTICA in usum ecclesiæ *Datum in civitate nostra Herbñ* (Herbipolensis. (Herbipolense). *Anno domini* M CCCC L XXX *secundo. Dñica Trinitatis,* in-4, non rel.

Exemplaire imprimé sur peau vélin. Imprimé à Wurtzbourg par Jovius Reyser. Il se trouve au verso du 6e feuillet une gravure en taille-douce attribuée à Martin Schoen (Schongauer).

9. CES PRÉSENTES HEURES A L'USAIGE DE ROME furent achevées le IIIIe jour de novembre l'an M.CCCC.IIII.XX et XVII pour Simon Vostre, libraire (almanach de 1488 à 1508), sign. A. H. par 8 et 1 par 6, in-4, 10 figures sur bois, velours vert.

Imprimé sur peau vélin. Les grandes gravures et les initiales sont peintes. Ce volume est d'une admirable conservation et très-grand de marges. (240 mill. de haut., et 152 mill. de largeur.)

10. Ces présentes heures à l'usage de Paris, toutes au long sans requérir, avec les figures et signes de l'Apocalypse, la vie de Tobie et de Judic, les accidents de l'homme, le triomphe de César, les miracles de Nostre-Dame, ont esté faictes à Paris pour Simon Vostre, libraire (almanach de 1515 à 1530), pet. in-8, 136 fig. sur bois, vélin.

Imprimé sur peau vélin. Ce livre d'heures remarquable ne renferme pas moins de vingt gravures de la grandeur des marges ; trois de ces gravures ont été attribuées à Geoffroy Tory, alors que cet artiste, n'ayant pas encore voyagé en Italie, imitait la manière d'Albert Durer. On remarque aussi deux suites distinctes de la Danse des morts. Exemplaire court de marges, tâché au feuillet 130.

11. *Incipit liber sextus decretalium.* (*In fine :*) *Opus in nobili urbi Maguncia... per Petrum Schoiffer de Gernshem feliciter consummatum. Anno Dominini* M CCCC LXXIII, in-fol. gothique sur 2 col. *Marque de Schoiffer à la fin du volume.*

12. Vita Paparum Avenionensium, hoc est historia Pontificum Romanorum qui in Gallia sederunt, Stephanus Baluzius primum edidit. *Parisiis, apud Franciscum Muguet*, 1693, 2 vol. in-4, vél.

13. JOHANNIS DE TRITTENHEM, abbatis Spanhemensis, ordinis Sancti Benedicti, liber lugubris de statu et ruina monastici ordinis, omnibus religiosis ac devotis viris non minus utilis quam jocundus. (*In fine :*) Lectus fuit presens tractatus in capitulo provinciali ordinis Sancti Benedicti, anno Domini millesimo quadringintesimo nonagesimo tercio (1493).

IMPRIMÉ SUR PEAU VÉLIN. Seul exemplaire connu ; curieuse déploration de la décadence des ordres monastiques au XVe siècle.

14. Annales Heremi Deiparæ matris Monasterii in Helvetia ordinis S. Benedicti, antiquitate, religione, frequentia, miraculis, toto orbi, celeberrimi, auctore R. P. F. Christophoro Hartmanno. *Friburgi Brisgouiæ, ex typographio archiducali*, 1612, in-fol. fig. v. f. fil.

15. Histoire de l'Église cathédrale de Saint-Paul-Trois-Châteaux, avec une chronologie de tous les évêques qui l'ont gouvernée, par le R. P. Louis-Anselme Boyer de Sainte-Marthe. *Avignon, Fr.-Sébast. Offray*, 1710, in-4, bas.

Avec additions manuscrites.

16. Commentaire de M. Dupuy sur le Traité des libertez de l'Église gallicane de M. Pierre Pithou.

Paris, Jean Musier, 1715, 2 vol. in-4, mar. r. fil. tr. dor. (*Rel. anc.*)

Exemplaire en grand papier.

---

17. M. Tullius Cicero, de Officiis, ad Marcum filium. *Lutetiæ, Jos. Barbou*, 1773, in-32, fig. mar. r. fil. tr. dor.

18. Les Offices de Cicéron, traduits en françois sur la nouvelle édition latine de Grævius, avec des notes et des sommaires des chapitres par L. T. D. L. D. S. A. (Phil. Goisbaud-Dubois). *Paris, J.-B. Coignard*, 1691, in-8, mar. r. fil. tr. dor. *Aux armes du président de Harlay, à qui l'ouvrage est dédié.*

19. Les Essais de Michel, seigneur de Montaigne, nouvelle édition, avec des remarques, par Pierre Coste. *Londres, J. Tonson et J. Watts*, 1724, 3 vol. in-4, portr. v. gr. compart. tr. dor.

20. MAXIMES ET RÉFLEXIONS MORALES du duc de la Rochefoucauld. *Paris, impr. de Monsieur*, 1779, in-12, portr. d'après Petitot par Choffard, mar. v. fil. tr. dor. (*Derome.*)

Exemplaire imprimé sur PEAU VÉLIN.

21. Les Caractères de Théophraste, trad. du grec, avec les Caractères ou les mœurs de ce siècle, par la Bruyère, nouv. éd., revue par Adrien Destailleur. *Paris, P. Jannet*, 1854, 2 vol. in-12, br. papier vergé.

Rare.

22. Pensées, essais, maximes et correspondance de J. Joubert, recueillis et mis en ordre par M. Paul Raynal. *Paris, veuve Lenormant*, 1850, 2 vol. in-8, demi-rel. v. r.

---

23. L'Histoire du monde de C. Pline Second, mise en françois par Antoine du Pinet. *Genève, J. Stoer*, 1625, 2 vol. in-4, v. gr.

24. Compendium in sphæram per Pierium Valerianum Bellunensem... *Impressit Romæ Ant. Blades Platina Asulanus*, 1537, pet. in-8, vélin.

Exemplaire sur peau vélin.

---

25. Abecedario de P.-J. Mariette et autres notes inédites de cet amateur sur les arts et les artistes, publié par MM. Ph. de Chennevières et A. de Montaiglon. *Paris, J.-B. Dumoulin*, 1851-1860, 6 vol. in-8, br.

Exemplaire en grand papier de Hollande.

26. Monuments français inédits pour servir à l'histoire des arts, rédigés, dessinés, gravés et coloriés à la main, d'après les originaux, par N.-X. Willemin. *Paris, Tilliard, s. d.*, 2 livraisons de texte et 50 livraisons de *planches coloriées* dans un carton.

27. Mémoires pour servir à l'histoire de l'Académie royale de peinture et de sculpture depuis 1648 jusqu'en 1664, publiés par M. Anatole de Montaiglon. *Paris, P. Jannet*, 1853, 2 vol. in-12, br.

28. Mémoires inédits sur la vie et les ouvrages des membres de l'Académie royale de peinture et de sculpture, publiés par MM. Dussieux, E. Soulié, Ph. de Chennevières, etc. *Paris, J.-B. Dumoulin*, 1854, 2 vol. in-8, br.

Exemplaire en papier de Hollande.

29. Diario degli anni 1720 e 1721, scritto di propria mano in Parigi da Rosalba Carriera, dipintrice famosa, posseduto, illustrato e pubblicato dal signor D. Giovanni D. Vianelli. *In Venezia, nella stamperia Coleti*, 1793, in-4, cart.

30. Notice des tableaux exposés dans les galeries du Musée du Louvre, par Frédéric Villot. *Paris, Vinchon*, 1853, 3 vol. in-8, br.

Exemplaire en grand papier de Hollande.

31. Description des tableaux du Palais-Royal, avec la vie des peintres à la tête de leurs ouvrages, par Dubois de Saint-Gelais. *Paris, d'Houry*, 1737, in-12, v. gr.

32. Catalogue d'une riche collection de tableaux du cabinet de M. Robert de Saint-Victor, rédigé par P. Roux. *Paris*, 1822, in-8, br.

33. Notices générales des graveurs divisés par nations et des peintres rangés par écoles, par M. Huber. *Dresde et Leipzig*, 1787, in-8, fig. v. marb.

34. Recueil d'estampes représentant les différents événements de la guerre qui a procuré l'indépendance aux États-Unis de l'Amérique. Dessiné et gravé par F. Godefroy. *Paris, Ponce, s. d.*, in-4, v. marb.

35. Notice des Émaux exposés dans les galeries du Musée du Louvre, par M. de Laborde. *Paris, Vinchon*, 1852, 2 vol. in-8, br.

La 1re partie en papier de Hollande ; la 2e en papier ordinaire.

36. Catalogue raisonné des diverses curiosités du cabinet de feu M. Quentin de Lorangère, par E.-F. Gersaint. *Paris, Jac. Barois*, 1744, in-12, fig. v. marb.

37. Description des objets d'art qui composent le cabinet de feu M. le baron V. Denon. *Paris, Hipp. Tilliard*, 1826, 2 vol. in-8, pap. de Holl. demi-rel. v. viol.

38. La Science des médailles (par le P. Jobert), nouv. édition, avec des remarques (par Bimard de la Bastie). *Paris, de Bure*, 1739, 2 vol. in-12, fig. v. gr.

---

39. DICTIONNAIRE UNIVERSEL françois et latin (vulgairement appelé Dictionnaire de Trévoux). Nouvelle édition, corrigée et augmentée. *Trévoux et Paris, Florentin Delaulne*, 1721, 5 vol. in-fol. mar. r. fil. tr. dor.

Très-bel exemplaire en grand papier, aux armes du duc du Maine.

---

40. Anthologia græca cum versione latina Hugonis Grotii, edita ab Hieronymo de Bosch. *Ultrajecti, B. Wild et J. Altheer*, 1795-1822, 5 vol. in-4, cart. n. rog.

Exemplaire tiré in-fol. sur papier de Hollande.

41. Quinti Horatii Flacci poemata, scholiis sive annotationibus instar commentarii illustrata a Joanne Bond. *Aurelianis, typis Couret de Villeneuve*, 1767, in-12, rel. en vel.

42. OEuvres de Clément Marot, avec les ouvrages de J. Marot son père, ceux de M. Marot son fils, et les pièces du différend de Clément avec Th. Sagon. *La Haye, P. Gosse et J. Neaulme*, 1731, 4 vol. in-4, portr. ajouté, rel. en vélin cordé.

Exemplaire en grand papier.

43. Les OEuvres poétiques de Vauquelin des Yveteaux, réunies pour la première fois, annotées et publiées par Prosper Blanchemain. *Paris, Aug. Aubry*, 1854, in-8, pap. de Holl. portr. sur papier de couleur et sur chine, demi-rel. dos et coins de mar. r. tête dor. n. rog.

44. Satires et autres œuvres de Regnier, accompagnées de remarques historiques. *Londres, Jacob Tonson*, 1733, in-4, fig. v. f. fil. tr. dor.

Très-bel exemplaire en grand papier de Hollande.

45. OEuvres complètes de Saint-Amant, nouv. éd. précédée d'une notice et accompagnée de notes, par M. Ch.-L. Livet. *Paris, P. Jannet*, 1855, 2 vol. in-12, cart. n. rog.

46. OEuvres de Chapelle et de Bachaumont, nouvelle édition, revue et corrigée par M. Tenant de Latour. *Paris, P. Jannet*, 1854, in-12, br.

47. OEuvres de Nicolas Boileau-Despréaux, avec des éclaircissemens historiques donnez par lui-même, nouvelle édition, revue, corrigée et augmentée de diverses remarques. *Amsterdam, David Mortier*, 1718, 2 vol. in-fol. front. gravé, port. et fig. de B. Picart, v. gr.

48. Fables de la Fontaine. *Paris, P. Didot l'aîné*, 1813, 2 vol. in-12, rel. en vél.

49. CONTES ET NOUVELLES EN VERS, PAR DE LA FONTAINE. *Amsterdam*, 1762, 2 vol. in-8, fig. mar. r. dentelle, tr. dor. (*Derome*).

Très-bel exemplaire de l'édition dite des fermiers généraux. Il a coûté 800 francs.

---

50. Les Comédies de Térence, avec la traduction et les remarques de Mme Dacier. *Rotterdam, G. Fritsch*, 1717, 3 vol. pet. in-8, fig. cart. n. rog.

51. Les OEuvres de M. de Molière, nouvelle édition, revue, corrigée et augmentée. *Amsterdam, David Mortier*, 1713, 4 vol. in-12, fig. vél.

Exemplaire non rogné.

---

52. Les Avantures de Gil-Blas de Santillane, par M. Le Sage. Nouvelle édition. *Amsterdam, Herman Uytwert*, 1739, 4 vol. pet. in-12. fig. veau marb.

53. Candide, ou l'Optimisme, traduit de l'allemand de M. le docteur Ralph (par Voltaire). *S. l.*, 1759, in-12, mar. r. dent. tr. dor.

Très-joli exemplaire en ancienne reliure de l'édition originale.

54. Contes moraux, par M. Marmontel. *Paris, J. Merlin*, 1765, 3 vol. in-8, pap. de Holl. portr. et fig. de Gravelot, v. f. fil. tr. dor.

55. Le Neveu de Rameau, dialogue, ouvrage posthume et inédit, par Diderot. *Paris*, *Delaunay*, 1821, in-8, fig. cart. n. rog.

56. Les Quinze Joyes de Mariage, nouvelle édition, avec les variantes des anciennes éditions, une notice bibliographique et des notes. *Paris*, *P. Jannet*, 1853, in-12, cart. n. rog.

57. Menagiana, ou Bons mots, Rencontres agréables, Pensées judicieuses et Observations curieuses de M. Ménage. *Amsterdam*, *Pierre de Coup*, 1713-16, 4 vol. pet. in-12, vél.

---

58. Lettres inédites de Henri IV et de plusieurs personnages célèbres, avec des notes par A. Serieys. *Paris*, *H. Tardieu*, *an X* (1802), in-8, br.

59. Lettres de Marie de Rabutin-Chantal, marquise de Sévigné, à sa fille et à ses amis, édition revue et publiée par M. U. Silvestre de Sacy. *Paris*, *J. Techener*, 1861, 11 vol. pet. in-8, portrait, br.

Exemplaire en grand papier de Hollande.

60. Lettres de messire Roger de Rabutin, comte de Bussy. *Amsterdam*, *Zacharie Châtelain*, 1738, 4 vol. in-12, v. marbr. fil.

61. Lettres choisies de feu M. Guy Patin. *Cologne*, *Pierre du Laurens*, 1691, 3 vol. in-12. portr. vélin.

62. Correspondance de Voltaire et du cardinal de Bernis depuis 1761 jusqu'à 1777, publiée par J.-F.-R. Bourgoing. *Paris*, *Levrault*, *an XII* (1804), in-8, demi-rel. v. f. n. rog.

63. Lettres inédites de Voltaire. *Paris*, *Mougie*, 1818, in-8, portr. demi-rel. v. f.

64. **Lettres inédites de Mme la marquise du Châtelet, et Supplément à la correspondance de Vol-**

**

taire avec le roi de Prusse et avec différents personnages célèbres. *Paris*, *Lefebvre*, 1818, in-8, demi-rel. v. viol.

65. Correspondance littéraire, philosophique et critique de Grimm et de Diderot, depuis 1753 jusqu'en 1790. *Paris*, *Furne*, 1829-31, 16 vol. in-8, br.

66. Histoire de la vie et des ouvrages de J.-J. Rousseau, par V.-D. Musset-Pathay. *Paris*, *Brière*, 1822, 2 vol. in-12, br.

67. Histoire de l'Académie française depuis son établissement jusqu'à 1652, par M. Pellisson. *Paris*, *J.-B. Coignard fils*, 1729, in-4, v. marb. (*Aux armes.*)

---

68. Cours des principaux fleuves et rivières de l'Europe, composé et imprimé par Louis XV. *Paris*, *de l'Imprimerie de S. M., dirigée par Collombat*, 1718, pet. in-4, maroq. rouge, fil. tr. dor. (*Portrait de Louis XV, âgé de* 8 *ans, gravé par Audran*).

69. Discours sur l'histoire universelle, par messire Jacques-Bénigne Bossuet. *Paris*, *Séb. Mabre-Cramoisy*, 1681, in-4, v. gr.

Édition originale.

70. Suétone Tranquille. De la Vie des XII Césars, trad. par George de la Boutière Autunois, enrichi de leurs effigies représentées au naturel, extraictes des plus antiques médailles de leur temps. *Paris*, *Cl. Micard*, 1570, pet. in-12, v. ant. fil.

71. Histoire de l'empire de Constantinople sous les empereurs françois, par Du Fresne. *Paris*, *Impr. royale*, 1767, in-fol. v. marb. (*Aux armes.*)

---

72. Recueil de monuments antiques, la plupart inédits et découverts dans l'ancienne Gaule, par Giraud de la Vincelle. *Paris, Treuttel et Wurtz*, 1817, 2 vol. et album in-4, br.

73. Nouvelle Guide des chemins pour aller et venir par tous les pays et contrées du royaume de France, Lorraine, partie d'Allemagne, Savoye et Italie, plus le chemin de Hierusalem, Rome et autres lieux de la terre sainte. *Paris, Nicolas Bonfons*, 1599, in-16, vél.

Rare, quelques légères piqûres.

74. Recueil des roys de France, leurs couronne et maison, ensemble le reng des grands de France, par Jean du Tillet, sieur de la Bussière. *Paris, Jacques du Puys*, 1580, in-fol. fig. sur bois, veau marbr. fil.

75. Les Antiquités et Recherches de la grandeur et majesté des rois de France (par André Duchesne, Tourangeau). *Paris, Petit-Pas*, 1609, in-8, front. gr. vél.

76. Les Recherches des recherches et autres œuvres de M. Estienne Pasquier, pour la défense de nos roys. *Paris, Séb. Chappelet*, 1622, in-8, vél.

77. État de la France, contenant les princes, le clergé, les ducs et les pairs (par le P. Ange, augustin déchaussé). *Paris, Cl. Robustel*, 1722, 5 vol. in-12, blas. v. gr. (*Piqûres de vers aux tomes I, III et IV.*)

78. Revue rétrospective, ou Bibliothèque historique, contenant des mémoires et documents authentiques inédits et originaux (par J. Taschereau). *Paris, H. Fournier aîné*, 1833-1838, 20 vol. in-8, br.

Très-rare.

79. Archives curieuses de l'histoire de France depuis Louis XI jusqu'à Louis XVIII, par Cimber et Danjou. *Paris, Beauvais*, 1834-40, 2 séries en 26 vol. in-8, br.

80. Pièces fugitives pour servir à l'histoire de France, avec des notes historiques et géographiques (par le marquis d'Aubay). *Paris, Chaubert*, 1759, 2 tom. en 3 vol. in-4, demi-rel. mar. r.

Très-rare.

81. Curiosités historiques, ou Recueil de pièces utiles à l'histoire de France et qui n'ont jamais paru. *Amsterdam*, 1759, 2 vol. pet. in-12, vél.

82. Mémoires historiques, critiques, et anecdotes des reines et régentes de France (par Dreux du Radier), nouv. édition, augm. *Amsterdam, M. Rey*, 1776, 6 vol. in-12, v. marb. dent.

83. Traité historique des monnoyes de France avec leurs figures, depuis le commencement de la monarchie jusqu'à présent, par M. Le Blanc (avec la dissertation). *Amsterdam, Pierre Mortier*, 1692, in-4, v. gr.

84. Considérations historiques et artistiques sur les monnaies de France, par Benjamin Fillon. *Fontenay-Vendée, Robuchon*, 1850, in-8, fig. br.

85. Histoire ecclésiastique des Francs par Georges-Florent Grégoire, évêque de Tours, trad. par MM. J. Guadet et Taranne. *Paris, J. Renouard*, 1838, 2 vol. in-8, br.

86. Histoire de S. Louys IX du nom, escritte par Jean sire de Joinville, enrichie de nouvelles observations et dissertations historiques, par Charles du Fresne. *Paris, Séb. Mabre-Cramoisy*, 1668, in-fol. portr. et fig. v. gr.

87. Histoire de S. Louis (par Jehan, sire de Joinville; les Annales de son règne, par Guil. de Nangis; sa vie et ses miracles, par le confesseur de la reine Marguerite (le tout publié d'après les recherches de Melot et Sallier, par Jean Capperonnier). *Paris, Impr. royale*, 1761, in-fol. v. marb. fil. (*Aux armes.*)

88. Les Mémoires de messire Philippe de Comines, seigneur d'Argenton, reveus et corrigez par Denys Godefroy. *Paris*, *Impr. royale*, 1649, in-fol. v. marb. fil.

89. Histoire de Charles VIII, roy de France, par Guillaume de Jaligny, André de la Vigne et autres historiens de ce temps-là, recueillie par M. de Godefroy. *Paris*, *Impr. royale*, 1684, in-fol. bas. (*Aux armes.*)

90. Étude sur le seizième siècle, France et Bourgogne. Pontus de Tyard, seigneur de Bissy, par J.-J.-Abel Jeandet. *Paris, Aug. Aubry*, in-8, port. br.

91. Mémoires du très-noble et très-illustre Gaspard de Saulx, seigneur de Tavanes. *S. l. n. d.*, in-fol. v. gr. fil.

Imprimés au château de Lugny, près d'Autun.

92. Lettres et Mémoires d'Estat des roys, princes, ambassadeurs et autres ministres sous les règnes de François Ier, Henri II et François II, par Guillaume Ribier. *Paris, Fr. Clousier*, 1666, 2 vol. in-fol. parch.

93. Bref et sommaire Recueil de ce qui a esté faict et de l'ordre tenu à la joyeuse et triomphante entrée de très-puissant, très-magnanime et très-chrestien prince Charles IX de ce nom, roy de France, en sa bonne ville et cité de Paris, le mardi sixième jour de mars, avec le couronnement de très-illustre princesse Elizabeth d'Autriche son épouse, et entrée de ladite dame, le jeudi XXIX dudict mois de mars 1571. *Paris de l'imprimerie de Denis Dupré*, 1572, in-4, figures, non relié.

Très-rare.

94. Les deux plus grandes, plus célèbres et mémorables resjouissances de la ville de Lyon, la première pour l'entrée de très-grand et très-vic-

torieux prince Henri IV, la seconde pour l'heureuse publication de la paix. *A Lyon, par Thibaut Ancelin*, 1598, gr. in-4, fig. portr. de Henri IV, non relié.

Exemplaire très-grand de marges, mais avec quelques piqûres de vers.

95. Mémoires, ou OEconomies royales d'État, domestiques, politiques et militaires de Henri le Grand, par Maximilien de Béthume, duc de Sully. *Amsterdam, aux dépens de la Compagnie*, 1725, 11 vol. pet. in-12, v. f.

96. Les Amours du Grand Alcandre, par Mlle de Guise, suivis de pièces intéressantes pour servir à l'histoire de Henri IV. *Paris, Didot l'aîné*, 1786, 2 vol. in-12, v. marb.

97. Le Bouclier d'honneur, où sont représentés les beaux faicts de très-généreux et puissant seigneur feu messire Louys de Berton, seigneur de Crillon, par François Bening, de la compagnie de Jésus. *Avignon, impr. de J. Bramereau*, 1616, in-8, front. gravé, mar. v. dent. tr. dor. (*Anc. rel.*)

98. Description du sacre de Louis XIII, du carrousel de son mariage, de celui de Monsieur et Mesdames ses sœurs. (*Manuscrit du temps.*) — Voyage à Reims et couronnement de Louis XIV. (*Manuscrit du temps.*)

Deux cahiers in-4.

99. Mémoires de messire Robert Arnauld d'Andilly (avec un avertissement par l'abbé Goujet). *Hambourg*, 1734, 2 part. en 1 vol. pet. in-8, cart. non rogné.

100. Histoire universelle du sieur d'Aubigné. *Amsterdam, les héritiers de Hier. Cōmelin*, 1626, 3 tom. en 1 vol. in-fol. parch.

101. Mémoires pour servir à l'histoire de Louis XIV, par feu M. l'abbé de Choisy. *Utrecht, Wan de Vater*, 1727, in-12, v. f. fil.

102. La Muze historique, ou Recueil des lettres en vers... par J. Loret, nouvelle édition, revue par MM. J. Ravenel et de la Pelouze, t. I (1650-1654). *Paris. P. Jannet*, 1857. in-8, pap. de Holl. br.

103. Les Historiettes de Tallemant des Réaux, 3e édit., revue par MM. de Monmerqué et Paulin Paris. *Paris, J. Techener*, 1854-1860, 9 vol. gr. gr. in-8, br.

Exemplaire en grand papier de Hollande.

104. Carrousel de Mgr le Dauphin, fait à Versailles en may. *Se vendra à Versailles le jour du carrousel et se débite à Paris chez la veuve Blageart*, 1686, in-4, n. rel.

La seconde partie se compose des pièces de vers faites sur chacun des personnages du carrousel.

105. Les Souvenirs de Mme de Caylus. *Amsterdam, Marc-Michel Rey*, 1770, in-12, br.

Édition originale.

106. Mémoires complets et authentiques du duc de Saint-Simon, sur le règne de Louis XIV et la Régence, publiés par M. le marquis de Saint-Simon. *Paris, A. Sautelet et Cie*. 1829-30, 21 vol. in-8, br.

107. Journal des règnes de Louis XIV et Louis XV, de l'année 1701 à 1744, par Pierre Narbonni, recueilli par J.-A. Leroi. *Paris, A. Durand*, 1866, in-8, br.

108. Journal de la santé du roi Louis XIV, de l'année 1647 à 1711, écrit par Vallot, d'Aquin et Fagon, avec des notes par J.-A. Leroi. *Paris, Aug. Durand*, 1862, in-8, br.

109. Mémoires de Madame de Staal, écrits par elle-même. *Londres*, 1755, 4 vol. pet. in-8, v. marb.

110. Mémoires du président Hénault, écrits par lui-

même, recueillis et mis en ordre par M. le baron de Vigan. *Paris, E. Dentu*, 1855, in-8, br.

111. Journal et Mémoires du marquis d'Argenson, publiés pour la Société de l'histoire de France, par E.-J.-B. Rathery. *Paris, veuve J. Renouard*, 1859-1864, 8 vol. gr. in-8, pap. vergé, br.

112. Déclarations du roy qui ordonne que le droit de marc d'or sera à l'avenir payé sur le pied porté par le règlement arrêté ce jourd'hui au conseil. *Paris, de l'Imprimerie royale*, 1748, in-4, maroq. r. larges dentelles, tr. dor. (*Aux armes de Louis XV*).

Très-bel exemplaire.

113. Mémoires et Correspondance de la M[ise] de Courcelles, publiés avec une notice, des notes et pièces justificatives, par M. Paul Pougin. *Paris, P. Jannet*, 1855, in-12, cart. n. rog.

114. Mémoires inédits de Louis-Henri de Loménie, comte de Brienne, publiés par F. Barrière. *Paris, Ponthieu et Cie*, 1828, 2 vol. in-8, br.

115. Rapport fait au nom de la commission chargée de l'examen des papiers trouvés chez Robespierre et ses complices, par E.-B. Courtois. *Paris, Impr. nationale, an III*, in-8, br.

---

116. Le Théâtre des antiquitez de Paris, où est traicté de la fondation des églises et chapelles de la Cité, université, ville et diocèse de Paris, etc., par le R. P. F. Jacques du Breul. *Paris, Pierre Chevalier*, 1612, in-4, fig., peau de mouton.

117. Mémoires pour servir à l'histoire de France et de Bourgogne, contenant un journal de Paris sous les règnes de Charles VI et Charles VII (recueillis par D. de Salles et Guil. Aubri, béné-

dictins et publiés par M. de Barre). *Paris, J.-M. Gandouin,* 1729, in-4, v. f.

118. La Topographie de Paris, ou Atlas topographique et statistique du plan géométral de la ville de Paris, par N. Maire. *Paris,* 1813, in-8, demi-rel. v. r.

119. Estat au vray du bien et revenu de l'Hostel-Dieu de Paris et de sa dépense journalière. *Paris,* 1651, pet. in-fol. vél.

120. Mémoires et Notes de M. Auguste le Prévost, pour servir à l'histoire du département de l'Eure, recueillis et publiés par MM. Léopold Delisle et Louis Passy. *Évreux, Aug. Hérissey,* 1862-66, 2 tom. en 4 part. in-8, br.

121. Notes d'un voyage dans l'ouest de la France, par Prosper Mérimée. *Paris, Fournier,* 1836, in-8, br. (*Rare.*)

122. Notes d'un voyage en Auvergne, par Prosper Mérimée. *Paris, Fournier,* 1838, in-8, br.

123. Notes d'un voyage dans le midi de la France, par Prosper Mérimée. *Paris, Fournier,* 1835, in-8, br. (*Rare.*)

124. Galerie de portraits forésiens, biographie, armes, devises, par Joseph Delaroa. *Saint-Etienne, Chevalier,* 1869, in-8, pap. teinté, br.

125. Description générale et particulière du duché de Bourgogne, précédée de l'abrégé historique de cette province, par M. Courtépée, prêtre, et M. Béguillet, notaire. *Dijon, veuve Lagier,* 1847, 4 vol. in-8, pap. de Holl. br.

126. Recherches sur les antiquités de la ville de Vienne, métropole des Allobroges, par Nicolas Chorier. *Lyon, Millon jeune,* 1828, in-8, fig. cart. n. rog.

127. Bail de la ferme générale du tabac dans la ville d'Avignon et Estat Venaissin. *Avignon*, 1734, in-4, n. rel.

128. L'Histoire et Chronique de Provence de Cæsar de Nostradamus, gentilhomme provençal. *Lyon, Simon Rigaud*, 1614, in-fol., titre gravé et portr. parch.

Bel exemplaire.

129. Remontrances de la noblesse de Provence au roy, pour la révocation des arrests de son conseil portans reünion à son domaine des terres aliénées et inféodées par les comtes de Provence, par le sieur Noël Gailhard. *Aix, Est. Roize*, 1668, pet. in-fol. vél.

---

130. Epitome Principum Venetorum, Bernardo Georgio autore. *Venetiis, Aldus*, 1547, in-4, mar. fil. tr. dor. (*Reliure signée de Derome.*)

Exemplaire sur peau vélin. Cette chronique des doges de Venise est en vers latins, elle est dédiée au doge Francesco Donato à qui notre exemplaire a été offert, et porte ses armes peintes sur le verso du titre. Voici ce que Renouard dit de ce précieux exemplaire (*Hist. de l'Impr. des Aldes*): « Dans le catalogue Pinelli est annoncé un exemplaire sur vélin ; il est enrichi d'initiales en couleur, et c'est le même qui fut présenté au doge F. Donato. Il a appartenu à Pinelli et à Mac-Carthy et de là est passé en Angleterre. »

131. Les Sceaux des comtes de Flandre et inscriptions des chartres par eux publiées, avec un esclaircissement historique, par Olivier de Wrée. *A Bruges en Flandre, Van den Kerckove*, 1641, pet. in-fol. fig. v. marb.

132. Lettres historiques et critiques sur l'Italie, de Charles de Brosses. *Paris, Ponthieu, an VII*, 3 vol. in-8, cart. n. rog.

133. L'Italie, par lady Morgan, traduit de l'anglais. *Paris, P. Dufart*, 1821, 4 vol. in-8, br.

134. Les Conquestes et les Trophées des Normans françois aux royaumes de Naples et de Sicile, etc.,

par messire Gabriel du Moulin. *Paris*, *David du Petit-Val*, 1658, in-fol. bas.

Rare.

135. Les Intrigues du prince d'Orange, pour parvenir à l'usurpation de la Grande-Bretagne (*manuscrit*), 211 pages in-4. — Relation de la conversion de Charles II. — Traduction d'un escript trouvé dans la chambre de Charles II après sa mort. — Mémoire (par Mgr Molini, évêque de Limerik), contenant les raisons qui doivent obliger les princes confédérez catholiques au restablissement de Sa Majesté Britannique. 1697 (*manuscrit*). Relation de la victoire remportée par le prince Édouard à Falkirck. *Douai*, 1746, 2 ff. — etc.

136. Histoire de Marie Stuart, par M. Mignet. *Paris, Didier*, 1852, 2 vol. in-8, portr. br.

137. Mémorial de Gouverneur Morris, homme d'État américain, ministre plénipotentiaire des Etats-Unis en France de 1792 à 1794. Trad. de l'anglais, de Jared Sparks, avec annotations par Augustin Gandais. *Paris*, *J. Renouard*, 1842. 2 vol. in-8, br.

---

138. La Vraye et Parfaite Science des armoiries, ou l'Indice armorial de feu maistre Louvau Geliot, advocat, augmenté par Pierre Paliot. *Paris*, *Helie Josset*, 1661, in-fol. blasons.

Exemplaire dérelié.

139. Histoire généalogique de la maison d'Auvergne, par M. Baluze. *Paris, Ant. Dezallier*, 1708, 2 vol. in-fol. fig. v. gr.

140. Preuves de l'histoire de l'illustre maison de Colligny, par le sieur du Bouchet. *Paris*, *Jean du Puis*, 1662, in-fol. v. gr.

Rare.

141. Les Noms, surnoms, qualitez, armes et blasons des chevaliers et officiers de l'ordre du S. Esprit, par le sieur d'Hozier. *Paris, Melchior Tavernier*, 1634, pet. in-fol. fig. vél.

142. CONSTITUTIONES ORDINIS VELLERIS AUREI e gallico in latinum conversæ (auct. Chiffletio). 1633, in-4, vél. tr. dor.

IMPRIMÉ SUR PEAU VÉLIN. Il contient les deux grandes planches des armes d'Espagne et des insignes de la Toison d'or.

143. Remarques sur la noblesse, par Maugard. *Paris, Prault*, 1787, in-8, mar. r. fil. tr. dor. (*Aux armes.*)

144. Statuts, décrets impériaux relatifs à l'établissement des titres héréditaires : Arrêtés et avis du Conseil du Sceau des titres, etc. *S. l.* 1810, in-8, rel. en vél.

---

145. Dictionnaire historique et critique, par M. P. Bayle. 3e édit., revue et augmentée. *Rotterdam, Michel Bohm*, 1720, 4 vol. in-fol. v. gr.

Bel exemplaire, en grand papier.

146. BOCCACE, des Dames de renom, nouvellement traduict d'italien en langage françoys. *Lyon, Guil. Rouille*, 1551, in-8, vél.

Très-bel exemplaire dans sa première reliure.

147. Notices bibliographiques et archéologiques, 12 brochures in-8.

148. Portraits et Notices historiques et littéraires, par M. Mignet. *Paris, Didier*, 1852, 2 vol. in-8, br.

---

149. Inventaire ou Catalogue des livres de l'ancienne bibliothèque du Louvre, fait en l'année 1373, par Gilles Mallet. *Paris, de Bure frères*, 1836, in-8, br.

150. Recherches sur Louis de Bruges, seigneur de la Gruthuyse. *Paris, de Bure frères*, 1831, in-8, pap. vél, br.

151. Livres populaires imprimés à Troyes de 1600 à 1800, Hagiographie, Ascétisme ; ouvrage orné de 120 gravures tirées sur les bois originaux, par Alexis Socard. *Paris*, *Aug. Aubry*, 1864, in-8, fig. pap. de Holl. br.

152. Ballets, opéras et autres ouvrages lyriques, par ordre chronologique (par le duc de la Vallière). *Paris, Bauche*, 1760, in-8, v. marb.

153. Recherches sur les bibliothèques anciennes et modernes, jusqu'à la fondation de la bibliothèque Mazarine, par L.-Ch.-Fr. Petit-Radel. *Paris*, *Rey et Gravier*, 1819, in-8. fig. br.

154. Almanach de la librairie (par M. Perrin). *Paris*, *Moutard*, 1778, pet. in-12, v. marb.

155. Catalogue des livres de la bibliothèque de feu M. de la Vallière, par Guil. de Bure. *Paris*, *Guil. de Bure*, 1783, 3 vol. in-8, portr. br. (*Avec la table des prix.*)

156. Catalogue des livres du cabinet de M. de Boze. *Paris*, *G. Martin*, 1753, in-8, v. marb. (*Prix.*)

157. Catalogue raisonné des principaux manuscrits du cabinet de M. Joseph-Louis-Dominique de Cambes, marquis de Velleron. *Avignon*, *L. Chambeau*, 1770, in-4, cart. non rog.

Analyse raisonnée de 151 manuscrits.

SUPPLÉMENT.

158. Horæ Virginis Mariæ, secundum usum Romanum... (*A la fin:*) *Ces présentes heures, à l'usage de Romme, furent achevées le XXe jour de janvier de l'an mil cinq cent et VII, par Thielman Kerver.*

Imprimé sur vélin. Ces heures très-belles ne sont citées par M. Brunet (n° 182) que d'après M. Frère. Les bordures sont variées, les grandes miniatures sont peintes en or et couleurs. Ce beau volume est malheureusement incomplet des signatures B. II, H. VIII, et le premier feuillet est très-fatigué.

159. Cy finent les heures Nostre-Dame, à l'usaige de Meaulx. *Nouvellement imprimé à Paris pour Jehan de Brie, s. d.*, in-8. Encadrements sur bois.

Exemplaire sur papier, très-incomplet.

160. Preces piæ (texte en flamand), in-12, c. de R. tr. dor.

Manuscrit du XVe siècle, composé de 200 ff., avec 24 petites miniatures; la première, représentant le roi David, est de la grandeur de la page.

161. L'an mil quatre cent soixante-deux fust translatée ceste Reugle de St-Benest de latin en franchoys en l'abbaie de St-Etienne de Caen de l'ordre de Mgr de St-Benest, in-4, v.

Manuscrit sur vélin de 68 ff., avec lettres en couleur. Le premier feuillet est entouré d'une miniature. Le texte de cette traduction est mêlé de beaucoup de mots du patois normand.

162. Le Doctrinal de Court, divisé en douze chapitres. *Imprimé nouvellement à Genesve, s. d.*, in-4, gothique.

Exemplaire grand de marges, avec témoins, mais auquel il manque deux cahiers entiers à la fin.

163. Les Amours pastorales de Daphnis et Chloé, trad. de Longus (par Amyot), 1745 (titre gravé

de 1718), pet. in-8 mar. r. dentelles. (*Rel. ancienne*).

Figures du régent. La figure aux petits pieds s'y trouve.

164. LE TIERS LIVRE DES FAICTZ ET DICTZ HÉROIQUES DU NOBLE PANTAGRUEL, composez par M. François Rabelais, docteur en médicine et calloier des Isles d'Hières. *Nouvellement imprimé à Lyon, avec privilége du Roy*, 1546, très-petit in-8, car.r. 4 ff. prél. 237 pp. et 3 pp. pour la table, demi-rel.

Deuxième édition connue du *Tiers Livre*. L'exemplaire est assez grand de marges; quelques feuillets ont été lavés et il y a quelques cassures.

165. Les Quinze Joies de mariage (*Paris, Techener*, 1837), in-16, gothique, cartonné.

Papier de Hollande. On a esquissé quelques miniatures sur les gardes de cet exemplaire.

166. Le Pas d'armes de la Bergère maintenu au tournoi de Tarascon, publié par Crapelet. *Paris*, 1823, gr. in-8, pap. vél. cartonné, fac-simile en couleur.

167. Cy commence l'histoire de Rolant et Morgant le Géant et de plusieurs autres chevaliers et pers de France. (A la fin:) Cy finist l'histoire de Morgant, nouvellement imprimée à Paris pour Jehan Petit, Regnault Chauldière et Michel le Noir, libraires, demeurant en la grande rue Sainct-Jacques, et fut achevé d'imprimer le quinzième jour de may mil cinq cent dix-neuf; in-folio, gothique, à 2 col. v. (108 feuillets).

Ce volume porte à la fin cette signature: *A moy, Chasteau-Vieulx*. Cosme de la Gambe, dit Chasteau-Vieux, valet de chambre de Henry III, est auteur de plusieurs pièces de théâtre. Il manque la signature O. IV. et les deux feuillets du titre et de la table.

168. Le Livre de Beufves d'Anthonne. *S. l. n. d.*, in-4, gothique.

Édition de Jean Bonfons, s. d. Le commencement, la fin et beaucoup de feuillets manquent.

169. (Cazotte.) Le Diable amoureux, nouvelle espagnole. *A Naples*, 1772, in-8, v. f. *figures grotesques.*

Édition originale, rare et recherchée.

170. Recueil de diverses pièces servant à l'histoire de Henri III. *Cologne, Pierre du Marteau*, 1666, in-12, v.

Avec le Discours merveilleux de la vie, actions et déportements de la reine Catherine de Médicis, 1663.

171. Nouvelle Méthode du blason ou de l'art héraldique, par le P. Menestrier. *Lyon*, 1780, in-8, rel. blasons.

---

172. GAZETTE DES BEAUX-ARTS. *Paris*, 1859-1872, gr. in-8; 14 années reliées ou en livraisons.

Paris. — Typographie Georges Chamerot, rue des Saints-Pères, 19.

www.ingramcontent.com/pod-product-compliance
Ingram Content Group UK Ltd.
Pitfield, Milton Keynes, MK11 3LW, UK
UKHW020529180726
13839UKWH00005B/2397